Quentin May

WAS WÜRDE ADORNO SAGEN?
GRAU ALS KONZEPT

Bibliografische Information der Deutschen Nationalbibliothek:
Die Deutsche Nationalbibliothek verzeichnet diese Publikation in der
Deutschen Nationalbibliografie; detaillierte bibliografische Daten sind im
Internet über http://dnb.dnb.de abrufbar.

Herstellung und Verlag: BoD – Books on Demand,
Norderstedt

ISBN: 978-3-7597-0384-2

Bildnachweis:
Titel: (https://commons.wikimedia.org/wiki/File:Ffm-adorno-
ampel001.jpg#file), „Ffm-adorno-ampel001", Bildausschnitt, Kolorierung
von Diana Reinhold + Quentin May, https://creativecommons.org/li-
censes/by-sa/3.0/legalcode
Alle anderen Bilder: Diana Reinhold + Quentin May

Was würde Adorno sagen?

Make friends with tea, sagen sie, aber was wissen die schon ... Man sollte vorsichtig sein mit Menschen, die einem ständig einfache Lösungen vorschlagen... Kennt man ja... Der Tee an sich ist nicht das Problem... Aber heutzutage... Ja, heutzutage, was ist denn da anders als vor, ja, sagen wir mal, 10 Jahren oder 20... Today is the day, wenn wir schon bei Slogans sind... Weiß auch nicht, warum... In welches Jahr möchtest Du denn zurück... 2008... 1997... 1985... Und wenn Du dann da bist, was dann... Auch früher war jeder Tag nur einer unter vielen, nach einem, vor einem anderen... Du blendest aus, dass auch damals viel Zeit totgeschlagen wurde... Und ich sage Dir das eine, mein Freund... Auch damals trafst Du auf jede Menge Leute, die Dir auf die Nerven gingen... Früher war alles... Damals gab es das und das nicht... Ich kann's nicht mehr hören... Kein Wunder, dass jeder so aggressiv ist, wenn es anderen auch so geht... Wann habt Ihr denn aufgehört, an das HEUTE zu glauben... Mach was daraus... Dann denkst Du in Zukunft zurück und JEDER Tag war ein guter Tag... Today is a good day... Immerhin hat sich Mark Arm nicht die Flinte an den Kopf gesetzt wie dieser andere Typ aus Seattle... Macht einen das zu einem besseren Philosophen... Schwierig... Andererseits... Ach, was soll's... Manchmal beneide ich alle, die hier sind und nicht unsere Sprache verstehen... Seid glücklich, Ihr ahnt nicht, wieviel Ihr NICHT verpasst, wenn ihr das alles nicht versteht... Schon gemerkt, dass keiner mehr richtig zuhört... Was sagst Du, ich habe nicht genau zugehört, war gerade in Gedanken woanders... Ist so, ob es schon immer so war, weiß ich nicht, aber vermuten kann man es... Alle Kanäle stehen immer nur auf senden, Senden, SENDEN... Wenn einer anfängt zu schreien, machen es irgendwann alle... Klappt vielleicht auch andersherum, wenn einer stumm bleibt, werden alle anderen auch leiser... Glaube ich aber nicht... Was denkst Du... Hörst Du mich überhaupt, bei dem Lärm hier... Das mit dem Denken traue ich aber auch nicht mehr jedem in letzter Konsequenz zu... Katzenvideos und Schuhe bestellen scheinen einige ja bereits intellektuell bis zur Halskrause auszufüllen... Ach ja, und darüber auf allen Kanälen lautstark zu berichten... Kann sein, dass ich einfach nur neidisch bin, glaube ich aber auch nicht... Hab's mal ausprobiert, aber selbst das Ausprobieren hat nicht funktioniert... Habe leider nicht die Zeit, so weit runterzufahren...

Und überhaupt, was soll ich mit den ganzen Schuhen... Seitdem mir Sturgeon sein Gesetz erklärt hat, fällt mir vieles leichter... Die Erwartungshaltung ist eine andere... Du musst das sowieso mehr über die Metaebene denken... So läuft das hier... Und glaube nicht, ich sei nicht auf alles vorbereitet... Ich könnte auch über das Wetter und über Fußball reden, aber doch nicht ständig, bitte schön... Du möchtest mir doch auch nicht zuhören, wenn es mir um Avantgarde geht oder um Punkrock... Wie ist denn Dein Standpunkt zu, sagen wir mal, Protopostantizyklismus... Ach, wer bin ich, der ich alles quantifizieren muss... Schuhe bräuchte ich doch, aber das geht jetzt nicht...

Grau als Konzept

Was ich hier eigentlich zum Ausdruck bringen
wollte:

Was dann daraus wurde:

„Da bist Du ja."
„Genau, sorry. Hat ein bisschen länger gedauert.
Du weißt schon."
„Nee, weiß ich natürlich nicht. Egal. Komm rein,
nimm Dir 'nen Keks, hör zu und unterbrich mich
nicht."
„Was ist?"
„Unterbrich mich nicht, das ist nicht so schwer.
Ich fange nicht nochmal an. Also:

M ake friends with Tea, sagen sie und sie
wissen nicht warum, fürchte ich.... Schon
klar, dass ich bereits einmal so angefangen habe,
aber das heißt ja nicht, dass es jetzt genauso wei-
tergeht, richtig... Eigentlich halte ich es eher wie
die großartige Ilgen-Nur und bevorzuge Kaffee,
Sie sollten sich ihr Album zulegen, das aber nur
am Rande... Ach ja, Kaffee oder Tee; ich liebe
Kaffee, aber genauso liebe ich Tee... Was ist das
heute, dass man sich für alles direkt festlegen
muss und es dann aus Sicht der anderen nie
mehr ändern darf, das ist doch echt schizophren,
nur anders herum... Sicher, es gibt Aspekte, da
ist das Festlegen okay, Fußball oder Rugby, zum
Beispiel, keine Frage für mich, natürlich Rugby,

aber hallo... Dennoch gab es eine Zeit, da fand ich Fußball sehr interessant, ist aber lange her, zu Zeiten von Manni Kaltz und Karl-Heinz Förster und Ata Lameck, so etwa... Aber wer sagt denn, dass ich Rugby immer lieben werde, ich ändere mich, die Welt ändert sich und der Sport ändert sich auch, irgendwann passt das vielleicht nicht mehr und dann nehme ich mir die Freiheit, meine Zeit eben anders zu verplempern... So ein bisschen ist das verloren gegangen, dass den Leuten klar ist, dass sich die Dinge ändern können und das ungefragt und pausenlos tun... Gerade daraus und nur daraus kann etwas Neues entstehen, was gibt es denn Schlimmeres, als Menschen, die immer alles genau gleich machen und bei der Frage, warum denn nicht mal etwas zu ändern, direkt panisch werden oder feindselig und das ginge einen ja nichts an... Schon gut, dann bleibt halt so und dämmert weiter... Ich meine, nicht dass ich nicht auch Angewohnheiten habe, klar habe ich die und nicht alle sind gut, fürchte ich, aber trotzdem leiste ich mir den Luxus, von Zeit zu Zeit über dies und das nachzudenken... Sicher ist es genauso falsch, direkt alles über den Haufen zu werfen... Das ist der gleiche Unsinn, wenn Leute behaupten, ALLES wäre falsch und das muss ab sofort anders gemacht werden, natürlich so, wie sie es sagen, das papierlose Büro ist ein gutes Beispiel, wenn Berater kommen und einem weismachen wollen, dass nur sie die Lösung aller Probleme sind, Probleme, die ich gar nicht hätte, wenn mich diese wirklichkeitsfernen Idioten mal in Ruhe lassen würden... Es ist ja durchaus in Ordnung, darüber nachzudenken, was ich wie aufheben will, aber das, was jahrhundertelang richtig war, wird nicht automatisch und komplett falsch, nur weil Ihr für Eure Weisheiten hohe Rechnungen schreiben wollt... Was ich von Experten erwarte, ist, dass sie mir neue Möglichkeiten geben, um meinen Entscheidungsspielraum zu erweitern, dann bin ich dabei... Wenn sich einer hinstellt und sagt: "So wird's gemacht." dann mach mal... Wir lassen uns nicht nur das Singen nicht verbieten, sondern auch das Nachdenken nicht, ich zumindest... Eigentlich erschreckend, dass sich trotzdem viele Leute von solchen lauen und lauten Phrasen beeindrucken lassen und dann liegt es wieder bei mir, die Leute daran zu erinnern, dass sie SELBST ruhig mal nachdenken sollen, was für sie denn wirklich wichtig ist und was völliger Humbug... Als ob Herr X oder Frau Y die Weisheit mit der großen Kelle abgeschöpft hätten und dies jetzt für jedes andere Geschöpf, das nicht bei

drei auf den Bäumen ist, genauso gelten MUSS...
Ach, ich rege mich nur auf, wenn das so weiter-
geht... Klar ist es mühsam, sich Gedanken zu machen, aber warum denn nicht, warum immer die
anderen entscheiden lassen, die kochen alle nur
mit Wasser und bei den meisten wird es selten
wärmer als lauwarm... Ich sage ja nicht, dass ich
es besser weiß, jetzt sieh mich nicht so erwar-
tungsvoll an... Ich sage nur, dass zwischen
Schwarz und Weiß ein ganzes Universum Grautöne zu Hause ist... Grautöne, die alle ein wenig
richtig sein können, ein wenig falsch, auch mal
beides gleichzeitig, die aber eine große Menge
Auswahl bieten... Wenn mir jemand mit dem
Wetter kommt, und alles ist so toll heute, die
Sonne ballert wie irre und kein Wölkchen am
Himmel, dann fällt es mir echt schwer, auf dieses
Thema einzusteigen... Blauer Himmel... Windstil-
le... Für mich ist das die Abwesenheit von Wetter, interessant wird es doch erst dann, wenn ich
mir das Spiel der Wolken mit ihren unendlich
vielen Weiß- und Grautönen ansehen kann, die
jeden Moment anders aussehen... Da freue ich
mich jetzt schon auf den Herbst, wenn das Wol-
kenschauspiel jeden Tag neue Aufführungen mit
sich bringt... Es ist ja nicht so, dass mir Sommer-
tage nicht gefallen... Es ist auch nicht so, dass ich

ständig Regen und Nebel und so weiter haben möchte, nur weil mir der bedeckte Himmel genauso gefällt wie der blaue... Das ist es, was viele Leute dann nicht verstehen, nämlich dass man beides gerne sieht... In einer Folge der Krimiserie *Lewis* wurde ein Maler erwähnt, der Wolken gemalt hat, ich glaube, den muss ich mal raussuchen, könnte interessant sein... Gesagt, getan, es handelt sich um John Constable (1776 - 1837), schauen Sie sich das mal an, wenn Sie die Gelegenheit dazu haben und zufällig in Oxford sind und kurz ins Ashmolian Museum gehen, Turner ist dort auch zu sehen... Beider Werke sind nichts als Farbe, wundervoll... Ach ja, Turner... Auch einer, den seine Zeitgenossen in ihrer Borniertheit absolut nicht verstanden haben... Legendär, dass er vor Ausstellungen nicht nur letzte Retuschen an seinen Bildern vornahm, sondern sie teilweise komplett umarbeitete... Da stelle ich mir den Kurator einer Ausstellung vor, der noch am Vorabend mit dem Bild X von Turner rechnete, dann aber etwas völlig anderes geliefert bekam... Und warum... Weil es Turner so wollte... Turner, der Großartige... Turner, der Licht malen konnte, wie kein anderer... Und Turner, der damals Unverstandene... Turner, dem dies aber auch egal war und der gemacht hat, was er wollte... Ein Vorbild, würde ich sagen... Wenn Sie eins suchen, bitte schön... The times they are a-changin', stimmt schon, aber die Legion der Einfallslosen bleibt immer gleich stark, scheint mir... Da wundert es einen sehr, dass es unsere Vorfahren überhaupt von den Bäumen runter geschafft haben... Nein, wo soll das denn hinführen... Das ist bestimmt gefährlich, wenn man ohne Helm auf zwei Beinen durch die Gegend läuft... Ich sehe sie direkt vor mir, die Helikoptereltern der Urzeit... Kann man sich nur wünschen, dass der eine oder andere vom Baum gefallen ist, natürlich ohne Helm, auf den Bäumen war es ja schon immer sicherer... Avantgarde ist das, was irgendwann mal der Mainstream wird und die Avantgarde dann schon wieder an ganz anderen Stellen weiterfummelt... Avantgarde, kann man auch mal nachdenken über den Begriff... Alexander Hacke von den Einstürzenden Neubauten sagte mal, dass er den Begriff eigentlich nicht gerne hört... Die Avantgarde, das waren die Soldaten in der ersten Reihe, die alternativlos niedergemäht wurden, wenn die Schlachterei los ging... Es bedrückt ein wenig, dies zu hören, aber wo er Recht hat, da hat er Recht... Und auf die Kunst bezogen, da hat er nochmal mehr Recht... man denke nur an die vielen avantgardistischen Maler, Musiker, Schriftsteller, denen man unendlich dankbar sein sollte, dass sie den Mut hatten, die ausgetretenen Wege der Akademien zu verlassen und etwas wirklich Neues zu erschaffen... Ja, es war nicht alles gut, was im Namen der Avantgarde geschrieben, komponiert oder gemalt wurde, aber das weiß man ja auch erst hinterher... Was gibt's denn Schlimmeres, als wenn die bürgerlichen Kunstkenner oder die eigentlich gar nicht an Kunst interessierten Jedermanns und Jederfraus als einzigen Kommentar raushauen: "Also, das hätte ich aber auch gekonnt."... Hast Du aber nicht! Und da liegt der Grand Canyon-breite Unterschied zwischen einem hinterher-alles-besser-Wisser und demjenigen, der sich hinsetzt und sich Gedanken macht, was es denn noch nicht gibt und das dann auch wirklich angeht... Ach, ich rege mich schon wieder auf... Hoffe nur, dass mir so jemand in der nächsten Zeit nicht über den Weg läuft... Ich garantiere für nichts, wenn ich dann schon wieder höre: "Also..." Solche Leute beginnen ihr nichtssagendes Kommentargeplärre meistens mit "Also..." Wenn man das mal herausgefunden hat, kann man sich immer noch umdrehen und das Weite suchen... Und wenn das, aus welchen Gründen auch immer, gerade nicht möglich ist, dann empfehle ich: Einfach mal unartikuliert anschreien... Wie, Sie wissen nicht wie? Legen Sie sich die eine oder andere Black Metal-CD zu, von welcher Band ist egal, obwohl, Deafheaven kann ich nur empfehlen, ist genauer betrachtet auch nicht wirklich Black Metal, sondern Blackgaze... Und da drehen wir uns wieder im Kreis und sind an der gleichen Stelle angekommen, an der wir schon auf Seite weiß-jetzt-die-Seitenzahl-nicht, sehen Sie halt selber nach, waren... Eigentlich ist Black Metal, auch wenn es mit dem ganzen Corpsepaintkram und der Lust auf brennende Holzkirchen und dem Blutlungengeschrei und so erst einmal etwas befremdlich wirkt, eine ganz und gar starre Szenerie, in der man auf Änderungen gar nicht so gut zu sprechen ist... Schon witzig, wo man überall konservatives Verhalten entdecken kann... Wo war ich, ach ja Deafheaven... die kommen auch aus dieser Szene, aber hatten irgendwann mal Bock auf mehr als auf immer das Gleiche, da muss es doch mehr geben... ist mir übrigens ganz egal, ob ich das hier alles völlig korrekt wiedergebe, ich kann nicht jeden einzelnen Satz überprüfen, hier handelt es sich schließlich um kein trostloses Sachbuch... This is Boston not L.A., oder so, wenn Sie verstehen... Deshalb darf ich in meinem Gedächtnis kramen und die einzelnen Stücke, die mir dann in die imaginären Hände fallen, hier neu zusammensetzen... gut, es ist natürlich nicht völliger Unsinn, den ich hier runtertippe, hoffentlich... na jedenfalls haben Deafheaven ihrem Blackmetal Elemente des Post-Rock und vor allem des Shoegazing der 90er, My Bloody Valentine, Slowdive... Ihr freundlicher Plattenladeninhaber hilft Ihnen sicher gerne, ich erkläre das jetzt nicht weiter, ein bisschen müssen Sie schon selber mithelfen, macht ja auch viel mehr Spaß, wenn man sich die Dinge selbst erarbeitet, seien Sie also ein wenig dankbar für die ganzen Denkanstösse, die ich Ihnen hier zuschustere... also, um einen Gedanken jetzt auch mal durch die letzte Kurve auf die Zielgerade zu bugsieren, Deafheaven haben jedenfalls aus den Zutaten, die ihnen vorschwebten, nicht weniger als mit Blackgaze eine neue Musikrichtung geschaffen... Wäre es nach den Szenefachleuten gegangen, dann hätten sie schön weiter ihr Metalzeugs auf Platte und CD brüllen können, aber sie waren ein ganzes Stück cleverer und haben diesen Fachleuten gezeigt, was sie von solchen engen Stilkorsetts halten, nämlich nix und wieder nix... Und ist es nicht herrlich, wenn Musiker oder auch andere Künstler sich absolut überhaupt nicht um das scheren, was man von ihnen erwartet, sondern einfach machen, was sie selbst auf ihrer Agenda haben... Klar, tausend andere Bands machen das auch und oft kommt dabei nichts Großartiges raus, aber das ist doch nur ein Grund mehr, es noch ein tausendunderstes Mal zu probieren... Wo kommen wir denn hin, wenn nichts Neues ausprobiert wird... Genau, ins Nirgendwo, und da ist es nur eins, nämlich langweilig... Danke Villanelle, dass ich Dich hier und auch in meinem Alltagsdasein sooft zitieren darf... und Shame on you, Welt, dass Du mir so oft die Gelegenheit gibst, dies tun zu müssen... Apropos Shame on you, was mir auch seit einiger Zeit gehörig auf die Nerven geht, ist die Tatsache, dass mittlerweile jeder Schreiber und sei es in Eishockeymagazinen oder Musikzeitschriften... bei letzteren passt es ja manchmal noch in Plattenkritiken über einigermaßen düstere Werke, warten Sie, ich komme gleich auf den Punkt... also, dass jeden Tag mindestens einer oder auch mehrere schreibend Aktive den Begriff dystopisch verwendet... Mann, da kriege ich echt zu viel... wie armselig, dass die Leute an ihren Texten sitzen und der Abgabetermin tickt langsam seine Runden auf der Uhr... und dann wird gedacht, also jetzt muss ich hier irgendwo noch unbedingt den Begriff dystopisch unterbringen, sonst wird das nicht gedruckt und der Redakteur ist enttäuscht... Der nächste, der wieder mal dieses Wort in seinen morgen schon wieder vergessenen Text unterbringt, fängt sich eine, frag mal besser nicht nach Sonnenschein... ach nee, in Deiner dystopischen Welt gibt's ja eh keinen mehr... Unsere Sprache bietet jedem, der sich ihrer annimmt und bei ihr bedient, und das mit dem gebotenen Respekt, ein Füllhorn voller unterschiedlicher Beschreibungen für ein und dieselbe Situation... ach, was sage ich eine ganze Armee an Füllhörnern und meinetwegen auch nett geflochtener Weidenkörbe, randvoll gefüllt mit einfallsreichsten Worten... andere Sprachangehörige sind regelrecht neidisch, wenn sie in die Tiefen des Deutschen Sprachmeers eintauchen und an seinem Strand liegen und dem Wellengang unserer reichhaltigen Sprache lauschen... ganz verzückt sind die, ich übertreibe nicht oder höchstens ein wenig, ein kleines Stück weit, sozusagen... jedenfalls muss man nicht, ich wiederhole N-I-C-H-T in jeden Text den Begriff dystopisch reinzwängen... Wäre das also auch mal geklärt, jetzt muss ich nur noch zusehen, wie ich diese Weisheit in die Köpfe aller Betroffenen und Betreffenden hineintransportiere... Oh, das Internet... Ja, ganz prima Idee, in Filmen oder Serien klappt das auch immer ausgezeichnet, dass man seinen Kram überall über den Erdenball verklappt, so dass man gar nicht mehr weiß, wo man überall wegschauen soll, man kriegt es links und rechts um die Ohren geballert... Da gab's doch mal bei Sherlock eine Szene, in der Professor Moriarty irgendwas auf alle Werbeflächen der Welt gezogen hat, jedenfalls die relevanten, so Trafalgar Square, diese eine Kreuzung in Tokio und New York, egal wo da, ist eh alles groß... Also so, dass der geneigte Zuschauer den Eindruck hatte, Mann, dieser Moriarty hat das echt in der ganzen Welt an die Wände geklatscht, da schau ich doch morgen mal an der Litfaßsäule vor dem Haus, ob da vielleicht auch ein Plakat von ihm hängt... Die Litfaßsäule hat sich auch schon ein wenig aus dem allgemeinen Bewusstsein verabschiedet, seitdem es diese fürchterlichen Plakatwände gibt, auf denen mehrere hauswandgroße Plakate abwechselnd rauf und runter gerollt werden... Fehlt nur noch, dass es sich um die gleichen Plakate handelt, würde mich mittlerweile auch nicht mehr wundern... Und auch nicht, dass die Leute das klasse finden... Muss morgen mal aufpassen, ob die Litfaßsäulen immer noch so präsent sind wie früher... In meiner Erinnerung konnte man früher ja keine Straße rauf und runter laufen, ohne an jeder Ecke mit einer solchen Säule zusammenzurasseln... Im Nachhinein meinen Respekt an Herrn Ernst Litfaß, der in den 50er Jahren des vorvorherigen Jahrhunderts extrem viel Weitsicht besaß und sich in Berlin ein langjähriges Monopol zur Aufstellung seiner Erfindung an zahllosen Stellen gesichert hatte... Da sind wir endlich wieder angekommen... 170 Jahre Erfolg weil... Ja genau, weil jemand eben NICHT in der ausgelutschten Spur der anderen Lemminge weiterdachte, sondern sich Gedanken gemacht hat... Okay, irgendwie haben wir ihm damit natürlich auch ein wenig die heutige Plakat- und Werbeflut zu verdanken... Danke dafür, mein Lieber... Andererseits war er damals angetreten, um die Wildplakatierung in Berlin in den Griff zu bekommen... Kann man also von ausgehen, dass es ohne ihn noch schlimmer wäre? Nicht unbedingt, denn rückwirkend betrachtet ist es natürlich die Idee, die sich ihren Ausführenden sucht und nicht umgekehrt... Wäre unser Ernst L. nicht so ein cleverer Herr gewesen, dann wäre jemand anderes an seine Stelle gerückt und wir würden hier und jetzt über die weltberühmten Schmittkesäulen diskutieren... Wobei, diskutieren... Wir bleiben mal lieber dabei, dass ich lamentiere und Sie das ganze brav Seite für Seite über sich ergehen lassen... Damit sind wir bis jetzt ganz gut vorangekommen... Also, wie gesagt, die Idee findet ihren Ausführenden... Denken Sie bitte darüber nach und stimmen mir zumindest insgeheim zu... Ich krieg die Krise, wenn ich höre, dass dieser oder jener meist mittelständische Firmengründer ja so verehrenswert sei, weil er damals ein... na, was denn mal... keine Ahnung, irgendwas eben, gute Messer vielleicht... erfunden hat... und sein Name damit zusammen mit seiner kleinen sauerländischen Schrauberbude noch vor den Göttern und Oberbürgermeistern ewig in Ehrfurcht ausgesprochen werden muss... Leute, macht mal halblang oder noch kürzer... Okay, ist prima gelaufen, der Laden... Soweit meinen Respekt, Bro... Aber he, der gute Urahn hat ja nicht den aufrechten Gang erfunden oder ähnlich Spektakuläres... Und darüber hinaus verwette ich mein Vermögen, wenn ich eins verwalten dürfte, dass der Herr ja nicht aus lauter philantropischen Gründen gehandelt hat, sondern um sich die Tasche mit Talern, Deutschmarks oder was auch immer vollzumachen... So, jetzt muss ich wohl wieder versuchen, die Kurve in heiterere Gefilde zu finden... Kann ja so nicht weitergehen, dass hier jedes Stichwort in einer pöbelnden Meckerei endet... Anderseits, was soll das ganze Heucheln... Daraus ist noch nie etwas Gutes erwachsen... Schon Tobias Forge bezeichnete sich selbst als gesellschaftlich funktionierenden Soziopathen... Oder so ähnlich, das Heft mit dem Interview finde ich nicht mehr, glauben Sie mir einfach, dass das so oder ähnlich oder auch ganz anders gesagt wurde... Jedenfalls... Ich habe keine Ahnung, ob das jetzt hierhin passt, aber solch einen Satz wollte ich immer schon mal verwenden... Da fällt mir ein, ich hatte doch vor ein paar Zeilen Prof. Moriarty erwähnt... Haben Sie die Sherlock-Serie gesehen, also die letzte mit Cumberbatch und Dings, der ja auch Arthur Dent in der Anhalter-Verfilmung gespielt hat, kennt die noch jemand, könnte ich mir auch mal wieder ansehen... kommt ja auch gar nicht drauf an, jedenfalls ist es witzig, wenn einen eine Gelegenheit an etwas erinnert, mit dem man am entferntesten nicht gerechnet hätte... So kam es bei den Six Nations, ja, wir reden wieder vom Rugby, im Frühjahr 2020 zu einem wahrhaft literarischen Duell bei der Begegnung England vs. Wales... Als ob dieses Spiel nicht schon immer genügend Spannung mit sich bringt... So traf an diesem Samstag (07.03.2020) Watson auf Moriarty und als Sherlock Holmes-Fan wird man natürlich sofort hellhörig und kann es kaum fassen, dass es so etwas mal zu sehen gibt... ein direkter (na ja, so etwa) Kampf zwischen Gut und Böse, ausgetragen in der Verkleidung eines Rugbyspiels. Okay, es war nicht Holmes himself, sondern Watson... und auch nicht Dr. John Watson, sondern Anthony Watson... und nicht Prof. Moriarty, sondern Ross Moriarty... aber das ist doch auch alles gar nicht wichtig... Wichtig ist alleine dieses epische Duell, an dem man sich auch aus dem literarischen Blickwinkel unheimlich erfreuen konnte... Und Watson hat dann auch noch den ersten Versuch für England gelegt... Wenn man das als Geschichte schreiben würde, dann sehen einen wieder alle schräg an und sagen geringschätzig und ein wenig von oben herab, Sie kennen diesen Blick, darauf wette ich, sie sagen also: Na, ist das nicht ein wenig übertrieben... NEIN, verdammt, ist es nicht, und ich habe das Spiel echt genossen... England hat übrigens 33:30 gewonnen, und ich bin schon seit den Tagen des fabelhaften Johnny Wilkinson England Rugby-Fan... Na, war das jetzt nicht mal etwas Positives... Endlich mal eine Episode, bei der ich mich nicht wieder völlig sinnlos aufrege... Über Rugby kann ich stundenlang reden... wird mir nicht langweilig, es ist nur nicht ganz einfach, Gesprächspartner außerhalb des ovalen Universums zu finden, die bereit sind, so lange zuzuhören... Was gibt es sonst noch zu berichten... Und damit meine ich jetzt wirklich *wichtige* Angelegenheiten und nicht diesen ganzen Tagesgeschehensquatsch, den man auf allen Kanälen um die Ohren geballert bekommt ... Die Nachrichten werden nicht besser und interessanter, wenn sie jeder Sender, jede Zeitung und sonst wer auswalzt wie die Dampfwalze den frischen Teer... Und dann hört man wieder, dass das früher *nicht passiert ist,* was auch immer... Doch, mein Lieber, ist es, es hat nur niemanden interessiert, weil niemand mit diesem ganzen langweiligen und unerheblichen Zeug seine Internetseite vollstopfen musste... Was ich auch schon wieder länger vermisse, obwohl Vermissen wäre eigentlich ein positives Gefühl oder vielmehr das Gefühl, das etwas Positives endlich mal wieder eintreffen sollte... Ich fange den Gedanken nochmal an, also, was ich schon länger nicht vermisse, dessen baldiges Auftreten ich allerdings vermute, ist der Klassiker auf einer der Zeitungs-Internetseiten: Abzocke auf dem Supermarktparkplatz. Gesamtschullehrer (es sind *immer* Gesamtschullehrer in diesen Berichten, oft zumindest, fragt Euch mal warum, Ihr Gesamtschullehrer), wollte nur mal (was auch immer, das ist absolut egal) und wird jetzt gnadenlos zur Kasse gebeten... Du liebe Güte, der Gebrauch einer Parkscheibe ist weder eine Wissenschaft noch etwas grundlegend Neues... Ihr hattet mittlerweile einige Jahrzehnte Zeit, Euch daran zu gewöhnen... Als mein Vater Anfang der Achtziger mit einem gebrauchten Strich-Acht unterwegs war, hatte er schon eine Parkscheibe im Handschuhfach... Oida, ich schwör... Ich durfte damals schon vorne sitzen und hab das Teil auf so manchem Parkplatz eingestellt... Kommt mir also nicht mit "Ach, wusste ich jetzt gerade nicht" um die Ecke... Was ich viel ärgerlicher finde, als dass einige Zeitgenossen immer wieder gerne mit ihrem Nichtwissen zu glänzen versuchen, ist die Tatsache, dass sich regelmäßig Lokalredaktionen vor den Karren spannen lassen und über solche ... (egal, welchen Begriff ich jetzt verwenden würde, er wäre derart despektierlich, dass Sie sich selbst einen aussuchen können... Macht doch auch mehr Spaß, wenn Sie nicht nur lesen, sondern mitmachen) ihre kostbaren Seiten vergeuden, um solchen lebensfernen Typen Platz einzuräumen... Mit der Wochenendbeilage auf sie eindreschend solltet Ihr sie aus der Redaktion jagen statt über sie zu berichten... Und überhaupt, was soll das denn, dass heute fast jeder fast ständig fast ziemlich beleidigt ist, wenn es mal nicht nach seiner Nase geht... War doch nicht immer so, und ich meine die gleichen Leute, mal ein paar Jahre zurückgesehen... Das kann doch alles nicht wahr sein, dass sich jeder gleich persönlich angegriffen fühlt, wenn ihm mal was nicht passt, was für, sagen wir mal pauschal, die Gesellschaft entschieden wird... Entschuldigen Sie bitte, Sie erwarten doch nicht ernsthaft, dass Sie bestimmen, wo es langgeht... Ich weiß, dass Sie sich oft klein und unbedeutend vorkommen und das Leben ist ungerecht und der Nachbar hat das schönere Auto und warum fahren die von gegenüber schon wieder in den Urlaub, wie können die sich das denn leisten und bla bla... Der Grund dafür ist, dass Sie und ich und 99,999 % aller anderen Menschen klein und völlig unbedeutend sind... Lässt sich leider im Druck nicht darstellen, dass diese Zeilen als Merksatz farbig hervorgehoben werden... Sie haben ja sicherlich einen Textmarker zur Hand und können das rasch nachholen... Denn eins garantiere ich Ihnen: Nehmen Sie sich diesen Satz zu Herzen und schon erscheint alles in einem strahlenden Licht... Na ja, so ungefähr... Nein, mal ehrlich... Vergessen Sie diesen *Jeder Mensch ist etwas Besonderes*-Unsinn... Bei jetzt über 8 Milliarden Menschen, die gleichzeitig unterwegs sind, wird der "etwas Besonderes"-Begriff schon ganz schön gedehnt, nicht wahr... Erinnert mich an ein altes Bungeeseil, das jeder TÜV-Prüfung entgangen ist und bei dem mit dem Dehnen schon sehr bald Feierabend ist... Lassen Sie es mit sich selbst nicht so weit kommen... Sehen Sie es mal so... Bei einer geschätzten Weltbevölkerung von 8 Milliarden, auf ein paar Millionen mehr oder weniger kommt es bei unserem kleinen Beispiel nicht an, werden Sie schon sehen, beträgt Ihr Anteil in Prozenten ausgedrückt ziemlich genau in etwa 0,000000125 %... Sie können das auch meinetwegen auf drei Nachkommastellen runden oder auch auf fünf... aber dann seien Sie bitte seelisch stark, es bleibt nicht mehr viel übrig... Und wenn Sie sich jetzt mal in Ruhe hinsetzen, das Smartphone im Nachbarzimmer wegschließen und einfach ein wenig nachdenken... In keine bestimmte Richtung, sondern einfach mal die Gedanken loslassen... dann fühlt sich das doch eigentlich ganz patent an, oder... Auf folgendes möchte ich hinweisen... Bei der Zahl weiter oben sehen Sie, dass Ihr und mein Anteil am Weltgeschehen eher absolut unbedeutend ist... Ich nehme an, dass hier wenige Staatspräsidenten, Premierminister,

Sportstars oder epochal überragende Wissenschaftler mitlesen, doch auch für diese gilt das Gleiche, nur mit einer gewissen Zeitverzögerung... Fragen Sie mal Vincent Auriol, James Callaghan, Joe Malone oder William Lawrence Bragg... Auch mit einer multiplen Persönlichkeit können Sie nur ganz weit hinter dem Komma etwas ausrichten... Da, wo es niemand sieht... Und dann erklären Sie mir mal, warum ausgerechnet Sie oder ich nochmal extra gefragt werden sollen, wenn irgendwo wichtige Entscheidungen auf der Liste stehen... Aber wenn Sie die Medaille umdrehen, dann stehen da 99,999999875 % Menschen, die mehr oder weniger ihr eigenes Ding durchziehen... Und das sollten Sie auch... Niemand anders ist für Ihr tägliches Leben verantwortlich als Sie selbst... Warten Sie nicht darauf, dass plötzlich jemand vor der Tür steht, der Ihnen verspricht, dass ab jetzt alles besser wird und Sie ihn nur mal eben zu sich in die Wohnung lassen müssen... Wir wissen alle, wie so etwas enden wird... Nein, im Ernst, warten Sie nicht... Und hören Sie endlich auf, sich darüber zu beschweren, dass alles so schrecklich ist, und dass es ausgerechnet SIE immer ganz besonders übel erwischt... Das ist absoluter Mumpitz (das Wort wollte ich immer schon mal schreiben, der eine möchte Hendiadyoin in einem Punksong verwenden, der andere das Wort Mumpitz, alles ist möglich, klasse oder...) Okay, jetzt sind wird irgendwo in den Zwanzigern, die Seitenzahlen, meine ich, keine Sorge, wir haben noch ein gutes Stück Weg vor uns und... He, nicht weiterblättern, hier sieht eine Seite wie die andere aus, so auf den ersten Blick zumindest und Sie lesen das hier schön Seite für Seite, bevor dann am Ende zur Belohnung noch ein paar Graphic Novels kommen... Na bitte, erwischt, Sie sind so leicht zu spielen wie 'ne Kinderflöte... Ich hab schon nachgedacht, ob ich die ganzen Schreibfehler beim Tippen drinlasse und glauben Sie mir, das sind eine Menge, wissen Sie, ich lese gerade Ulysses von James Joyce, habe ich sehr lange einen großen und respektvollen Bogen drum gemacht, weil ja alle sagen... Oh, das ist so schwierig, man weiß nicht, was das Ganze alles soll... Jetzt habe ich das Buch im Bücherschrank in Wiemelhausen (nicht lachen, Ihr Nicht-Bochumer, der Stadtteil heißt wirklich so), auf jeden Fall war da eine Taschenbuchausgabe von Ulysses und die hat in der Tat mehr als eintausend Seiten (in Worten: mehr als eintausend) und ich hab's mitgenommen und es gibt kaum ein Buch, das mir beim Lesen mehr Spaß gemacht hat...

Mein lieber Herr Gesangsverein, wenn Sie wissen, was ich meine... Ich bin absolut begeistert von dieser wahnsinnig fantastischen Sprache und Joyce hat das Buch ja nicht stumpf runter geschrieben, sondern, keine Ahnung warum, aber auch nicht so wichtig, das Ding so gestaltet, wie es ihm richtig erschien und in den Kram passte... Horden von Oberstufenschülern und Studenten haben sich sicherlich schon diverse Köpfe zerbrochen, warum und so weiter... aber das Warum interessiert mich nullo, wenn Sie es genau wissen wollen... Das ist ein Buch, das man lesen und sich darin verlieren soll, das man fühlen soll und nicht zu Tode interpretieren, da fällt mir gerade ein anderes Meisterwerk ein, nein nicht von Joyce, Sie kommen eh nicht drauf, darum sage ich es Ihnen, also "Die Erfindung der Roten Armee Fraktion durch einen manisch-depressiven Teenager im Sommer 1969" von Frank Witzel, ein Monument, wirklich, gibt es auch als Hörspiel und wenn ich Hörspiel sage, dann meine ich genau das und kein Hörbuch oder Audiobook und so, sondern ein richtiges Hörspiel, ein Theater ohne Bühne, ein Ding zum Nachdenken, lief auf WDR 5 und war auch großartig... Auf jeden Fall habe ich irre lange gebraucht, bis ich das Buch zu Ende gelesen hatte, weil es mir so eine Freude bereitete, wie jedes Kapitel wieder komplett anders war und ich gar nicht anders konnte, als langsam zu lesen, damit es möglichst lange dauert, bis ich mit der Entdeckerei beim Lesen durch war... Frank Witzel hat in der gleichen Zeit schon wieder zwei neue Bücher geschrieben, und ich fürchte, mit Ulysses halte ich es genauso... Gut, die Gefahr, dass Joyce noch mal etwas Neues rausbringt ist definitiv nicht gegeben, das meine ich nicht, aber, und jetzt merken Sie auf, ich weiß jetzt schon, dass ich in den nächsten Wochen und Monaten mit diesem Buch ungeheuer viel Spaß haben werde und genauso oft über das Gelesene nachdenke und das nicht im akademischen Sinne, sondern einfach den Text verinnerlichen werde... den stream of consciousness des Autors nachgehen... oder besser in meine eigene Richtung gehen... schließlich sollte jeder, der das Buch liest, in seinem Inneren etwas feststellen, das man nicht in eine Interpretation fassen kann, solch ein Werk muss etwas mit einem machen, wenn man sich drauf einlässt und genau dafür sind sie da, die Kunstmonumente, dass man sich darauf einlässt, den Blick nach innen richtet und aufpasst, was sich da verändert... ist vielleicht nicht ganz einfach, wenn man eine Aufmerksamkeitsspanne hat, die sonst nur für Katzenvideos reicht, aber man kann das lernen, man kann das wirklich wieder lernen, wenn man es will, und da sind wir mal wieder bei einem Problempunkt angelangt.. die meisten wollen es nicht und finden sich auch noch unfassbar cool bei ihrer Konsumorientiertheit... heute darf man ja die Dinge nicht mehr beim Namen nennen, früher hätte man gesagt, bei ihrer Konsumgeilheit und warum schert es mich denn, was man soll und was nicht, also viele finden sich heutzutage unfassbar cool bei ihrer Konsumgeilheit und die einzige gültige Antwort darauf gab *Doctor Who*, ich glaube, es war der neunte, der sagte: Für Leute wie Euch gibt es einen wissenschaftlichen Begriff: Ihr seid doof. Genauso ist es und der Satz passt bei erstaunlich vielen Gelegenheiten, probieren Sie es mal, Sie werden überrascht sein, wo kam das eigentlich her, dieses *Man darf dies nicht* und *Man darf das nicht* und *Jenes ist moralisch nicht korrekt* und *Das kann man so nicht sagen*, mir geht das unfassbar auf die Nerven und das kann doch alles nicht wahr sein, ist schon richtig, dass man niemanden beleidigen soll, da bin ich auf jeden Fall dabei, hat was mit Respekt zu tun und das passt heute ja auch nicht zusammen, zum einen darf man alles Mögliche so nicht mehr formulieren, zum anderen ist aber Respekt im gegenseitigen

Umgang auch oft nicht mehr vorhanden oder haben Sie die letzten Wahlkämpfe nicht verfolgt... Inhalte, wer kümmert sich denn um Inhalte, wenn man den Gegner so richtig schön diffamieren kann.. Gut, einige oder viele bieten sich dafür auch an, da sie relativ wenig Substanz aufweisen und ihr Dasein nur eine aufgeblasene Fassade ist... Ich würde auch lieber Politiker wählen, von denen ich mich gerne und guten Gewissens vertreten lasse, aber wo sind die denn, ich sehe da kein Licht am Ende des Tunnels, es ist so dunkel, dass man noch nicht einmal den Tunnel als solchen erkennen kann, zu der selbsternannten Alternative fällt mir nur das oben schon mal aufgeführte Zitat des Doctors ein: Ihr seid doof, und in ein paar Jahren hoffentlich wieder verschwunden, alle anderen bekleckern sich aber auch nicht mit Ruhm, die Bundestagswahl gewinnt die Partei, die es am längsten aushält, nichts zu machen, okay, das konservative Lager hatte es mit dem Kreissparkassenvorstand Herrn L. selbst zu verantworten, zur Strafe wird jetzt Herr Merz Vorsitzender oder was... also die Strafe ist schon ziemlich heftig, na ja, jeder so, wie er mag, jetzt gibt es ja die Ampel, oh ja, die Ampel, im Straßenverkehr eine tolle Sache, in der Politik wird sich bald zeigen, ob das was bringt, der Lindnerwahlverein übernimmt wirklich Verantwortung, kaum zu glauben, ich dachte, der Herr hat ein Narzissmusproblem und sollte besser zum Therapeuten als auf die Regierungsbank, na ja, überrasch uns mal, Deine Wahlplakate zeigen Dich ja als Macher oder wie man das heute in Marketingkreisen sagt, die zweite Partei ist mit ihrer Spitzin auch nicht weit gekommen, oder sagt man das nicht so, schon erbärmlich, wenn das Hauptargument für die Pole Position die Tatsache ist, dass man eine Frau ist, Gleichberechtigung ist eine Tatsache, da führt kein Weg dran vorbei, aber doch bitte nicht im grünen Style, der Habeck wetzt doch schon die Messer, nachdem er so lange die Dame, deren Namen mir nicht mehr einfällt, öffentlich beklatschen musste. Wenn ich das hier so alles lese, dann erinnere ich mich daran, wann und wo ich was davon geschrieben habe. Eine Erfahrung, die der Käuferleser nicht haben kann. Spannend, zu vergleichen, wem bei welcher Formulierung welche Assoziation in den Sinn kommt? Eher nicht. Nur eins, damit niemand auf die falsche Bahn gerät (sagt man das so? Egal, eigentlich). Was beim Durchblättern aussieht wie in einem Aufguss runtergeschrieben, ist in Wahrheit das Ergebnis ewig langer kleinteiliger und bisweilen nervenaufreibender Frickelarbeit. Eine Mühsal, es aussehen zu lassen, als werde der Text mit lässiger Feder auf das Papier geworfen. Schon kommen mir Zweifel, ob ich mit dem ersten Rohentwurf nicht bereits an der Stelle bin, wohin ich schließlich nach monatelangem Wörterschreddern ankommen möchte. Und: Aufpassen, dass nicht zu viel aus den Büchern, die man aktuell liest, in die eigene Arbeit einfließt. Schließlich will man ja seinen eigenen und ganz und gar unverwechselbaren Stil entwickeln. Gibt es das überhaupt? Dürfte man dann fremde Bücher auch nur aufschlagen? Besteht nicht die Gefahr, dass mit jedem Satz, den man liest, fremde Gedanken so tun, als wären es die eigenen? Andererseits, so ganz ohne Lektüre käme man über Grundschulniveau Klasse 1 kaum hinaus. Das kann dann auch niemand wollen. Die Kunst besteht vielleicht darin, die Ideen und Gedanken in die eigenen Werke hinein zu diffundieren und die Membran intakt zu halten, die die Formulierungsschalen der kostbaren fremden Ideen draußen hält. Aber wenn man schreibt oder Musik macht oder meinetwegen auch malt oder fotografiert (photographiert? So sieht's irgendwie teurer aus, kann mir nicht helfen), dann reagiert man schließlich immer auf Einflüsse von außen, von außerhalb des eigenen

Seins. Vor ein paar Tagen war ich zum Beispiel mit dem Auto unterwegs und wollte auf WDR 2 die Verkehrsnachrichten hören. Dummerweise hatte ich ein paar Momente davor eingeschaltet und wurde gerade noch so gewarnt, was denn „Steffi aus Sundern im Sauerland" zu welchem Thema auch immer der Redaktion mitteilen wollte. Nichts gegen die Steffis dieser Welt, obwohl viele, die ich kennengelernt hatte, genauso so aussahen, steffig eben. Sundern hat sicherlich auch was, aber was genau? Hier in Bochum gibt es auch einen Stadtteil gleichen Namens, mit der Sternwarte und so ein ziemlich interessanter Ort. Und das Sauerland ist nicht die schlechteste Gegend hier in NRW. Auch als Feindbild beim Eishockey, fragt mal in Essen, ob sich noch jemand an die heißen Derbies in den 90ern erinnert. Kleiner Tip: Mal das „Messer von Essen" erwähnen und abwarten, wie die Reaktion ausfällt. Zur Lösung sei nur so viel verraten: Das ist kein Restaurant und auch kein Ruhrgebietskriminalroman. Ein Krimi war es schon und was für einer! Wenn die Antwort die Begriffe „Spielabbruch" und „Quarkpralinen" sowie die Namen „Kasper" und „Gailer" enthält, war der Gesprächspartner damals wahrscheinlich in der Eishalle. Ein denkwürdiger Abend. Ja ja, aber bevor ich für alle

Zeiten im Gedächtnis behalten müsste, was besagte Steffi aus Sundern im Sauerland denn so Einmaliges zu berichten hatte, schaltete meine rechte Hand in nie zuvor gesehener Geschwindigkeit das Autoradio aus. Lieber in Ruhe im Stau als das. Überhaupt WDR 2. So lange ist es noch nicht her, dass dieser Sender qualitativ interessante Sachen auf die Antennen geschickt hat. Doch dann kam 2014 die neue Wellenchefin/Direktorin/oderwiedasheißt und bald schon ersetzten Gewinnspiele und Anrufaktionen das tolle vorherige Programm. Mit dem Resultat, dass jetzt Steffi & Co. freie Bahn haben und ich kaum noch Radio höre. WDR 2 auf jeden Fall nur noch aus Versehen. Was bringt denn die Menschen dazu, wie eine Meute familiennamenloser Ghouls auf die Befehle der Moderatoren hin aus ihren nichtssagenden Alltagen zu berichten? War ich früher auch so? Kann mich nicht erinnern und das ist ein gutes Zeichen. Doch halt. Am wunderbaren Yesterday-Quiz hatte ich zweimal teilgenommen. Aber das war nicht nur hirnloses "Was macht Ihr denn so an diesem Vormittag? Ruft an oder schreibt uns ins Studio!"-Zeittotschlagen, sondern ein cooles Radioquiz am Samstag Abend, bei dem man zwei Stunden am Receiver verharren musste. Hat man aber auch gerne gemacht, weil es irre interessant war! Und daran teilnehmen, bei der Nummer anrufen, auch wirklich durchkommen, die Frage richtig beantworten und dann in der Sendung sein, war ein echtes Highlight. Na ja, damals als WDR 2 noch gut war. Ich muss mal nach der Kassette graben, auf der ich die Sendungen mitgeschnitten hatte. Wie bitte? Narzisstisch? Ich? Ach komm, vielleicht ein bisschen. Aber das war ein Ereignis, Mann! Kannste nicht vergleichen mit den ganzen Typen, die ihre IQ 0,5-Videoschnipselchen bei TikTok, Insta (Instagram sagt man nicht mehr, habe ich das Gefühl) oder sonstwo für die Ewigkeit (leider) veröffentlichen. Yesterday, eine wirklich großartige Sendung, bei der man Samstag abends prima kochen konnte. Ich hatte eine lange Zeit angenommen, dass Roger Handt, der die Sendung moderierte, Engländer sei. Also, Roger Hunt sozusagen. So wie der Rennfahrer, ist auch schon ein wenig her, dass der seine fixen Runden um die Rennkurse dieser Welt gedreht hat... War nicht ganz abwegig, da doch Alan Bangs auch beim WDR war und der war eine richtig coole Sau und jemand, der im Gegensatz zu den WDRlern von heute musikalisch in einer ganz anderen Liga spielte. In einer, in der auch der göttliche John Peel auf dem Platz stand. Und dieser Alan Bangs war schließlich auch Engländer. Warum also nicht noch einer? Einen englischen Akzent konnte man bei Herrn Hunt/Handt beim besten Willen nicht ausmachen. Wie auch, da er auf Fehmarn geboren ist und mit dem United Kingdom keine direkten Berührungspunkte hat. Abgesehen von der Musik, die dort in rauen Mengen entsteht und immer wieder neu und aufregend ist. So, wo war ich denn eigentlich? Das gute oder meinetwegen auch das Gute an einem assoziativen Text, für den ich das hier halte, ist, dass man einfach weitermachen kann oder muss oder zumindest sollte, so dass der Leser sich nicht sicher sein kann, ob man gerade eine Minute Pause vom Schreiben gemacht hat oder zwei Monate und ich verrate auch nicht, was an welcher Stelle der Fall war, weiß es selbst nicht mehr... Irgendwann wird die Forschung dahinterkommen, dass dieser Text vielleicht doch so etwas wie Tagebuchcharakter hat. Na ja, „die Forschung" ist möglicherweise etwas hochtrabend, aber zumindest ich merke beim Zurückblättern, was ich wann und wo gelesen oder gesehen habe... Spannend. Zumindest ein bisschen. Jochen Malmsheimer sagte mal, dass das Tagebuch eine sehr langweilige Literaturgattung sei, nur noch getoppt vom Reisetagebuch. So oder ähnlich hatte er es ausgedrückt und wissen Sie was? Recht hat er. Deswegen wird hier eine etwaige Chronologität mit aller Macht verhindert. Was ich nicht verhindern kann und es auch nicht will, ist, dass sich der eine oder andere Tippfehler in den Text schleicht und dort bis nach dem Druck unerkannt verharrt. Egal! Was gibt`s Schlimmeres und Sterileres als Fehlerlosigkeit! Ich beschäftige mich gerade mit dem Tutorial meines neuen analogen Bass Synthesizers und der Tutor erwähnte die bei der Programmierung sich oft unbemerkt einschleichenden Fehler und nannte sie „happy mistakes". Welch wundervoller Begriff! Er steht für alles, was heutzutage auf dem Weg zur Optimierung im Weg ist und weggeschafft werden soll. Da mache ich nicht mit. Vor allem, da die ganzen Ratgeberidioten mit Optimierung und, als ob es noch nicht schlimm genug klingt, Selbstoptimierung hauptsächlich in Richtung Wirtschaftlichkeit denken... Wie mir das alles auf die Nerven geht. Kling nannte ein Känguru-Kapitel „Die fortschreitende Ökonomisierung der Gesellschaft nimmt erschreckende Ausmaße an." Kann man so stehen lassen, denn es stimmt wohl mehr oder weniger. Im Prinzip jeder einzelne Aspekt dieses Satzes. Hat der Kapitalismus doch gesiegt? „Nie-

mals!!", wie ein legendärer Spieler des Bochum /
Witten RFC beim ersten Sieg in der Vereinsge-
schichte während der heroischen Abwehraktivi-
täten in den allerletzten Momenten des Spiels
den Düsseldorf Dragons entgegenschrie. Alleine
die Tatsache, dass die Wirtschaftsformen in den
einen oder anderen -ismus gepresst wurden, ist
ein Ausdruck, dass ein Denkprozess erstarrt ist
wie erkaltete Lava auf den Phregäischen Feldern.
Jahrhundertelang, jahrtausendelang haben unsere Vorfahren einfach nur ihren Kram gemacht.
Klar, Korruption, Macht durch Reichtum etc. ist
so alt wie das Geld und wahrscheinlich noch älter. Lesen Sie mal ein paar Seiten in einem wirklich guten Buch über die römische Kaiserzeit.
Oder über die Karolinger. Wahrscheinlich sind
die beiden Gangster *Korruption* und *Macht* sogar
noch viel älter. Jedenfalls war schon immer derjenige, der etwas besser als die anderen in der
Gruppe/dem Dorf/der Stadt/der Gesellschaft
konnte oder zumindest erfolgreich den Eindruck
vermittelte, denn Marketing ist möglicherweise
noch einen Wimpernschlag eher in Gebrauch gewesen als Korruption, die Übergänge stelle ich
mir da durchaus fließend vor, derjenige, der
dann das Sagen hatte, zumindest eine gewisse
Zeit lang... Auf der anderen Seite gab es schon

immer Leute, die das Kollektiv in den Vordergrund zogen, da man vieles gemeinsam einfach besser hinbekommt. Allet klärchen, soweit. Erst seit das Ganze mit den Ismen Kapitalismus und Kommunismus in Stein gemeißelt wurde, kann auch jeder halbgescheite Staatslenker oder Wirtschaftsfreizeitkapitän seinen abgestandenen Senf dazugeben und jeder Trottel hat einen Begriff zur Hand, den er vielleicht nicht in vollem Umfang versteht, aber den er der vermeintlich feindlichen anderen Seite an den Kopf knallen kann. Unübersichtlich und vor 70 Jahren bestimmt nicht gewollt ist es jetzt, da die Rotchinesen als Kommunismus-Vertreter par excellence den Kapitalismus vereinnahmt haben und dann auch noch die besonders perfide Manchestervariante. Eines alleine ist ja schon so na ja, aber die Kombination macht echt keinen Spaß. Fragen Sie mal die Chinesen. Theoretisch. Eine offene Antwort kann man wohl im Moment nicht erwarten, nachdem das chinesische KuK-Paket auch noch mit 1984-Überwachungs-Paranoia angereichert wurde. Wie das alles weitergehen soll, so dass die Menschen das können, was sie seit Anbeginn der Zeit wollen, nämlich einfach nur in Ruhe gelassen werden und ihr Leben leben? Ach, ich weiß es doch auch nicht. Für mich selbst habe ich einige

Ideen, und einiges davon klappt ganz okay. Aber wer bin ich, der ich mich in irgendeiner Parkecke auf eine Orangenkiste stelle und den Leuten vorzuschreiben versuche, was sie tun sollen? Eins kann ich Euch aber sagen, nämlich das hier: Denkt! Denkt selbst und lasst Euch nicht beirren. Wenn Euch jemand sagt, Ihr braucht unbedingt dieses oder jenes, dann seid erst einmal misstrauisch. Oder wie es Inspektor Barnaby nicht nur einmal zu Jones oder Troy oder Scott oder Nelson oder Winter sagte: „Wir sollten dem Geld folgen." Fragt Euch immer und ohne Ausnahme: „Cui bono?" Wer hat etwas davon? Und wenn Ihr berechtigte Zweifel an den hehren Motiven des Gegenübers habt, da es einen zu deutlichen Anschein hat, dass er sich eigentlich nur auf Eure Kosten seine Designertasche vollmachen will, dann lautet eine ganz einfache Antwort: Nein. Oder meinetwegen auch: Nein, Danke. So viel Zeit muss sein. Versucht es. Am einfachsten geht es, wenn Euch wieder ein Call Center-Sklave zum ungelegendsten Zeitpunkt anruft, um Euch Ganz-egal-was anzudrehen. Nein, Danke. Hat man das ein paar Mal erfolgreich absolviert, merkt man, dass man sich besser fühlt, weil man unnötigen Ballast erst gar nicht an Bord gelassen hat und ihn daher später auch nicht wieder mühsam loswerden muss. Nein, Danke. Ich habe auch lange gebraucht, bis ich das nicht nur verstanden, sondern auch durchgezogen habe. Mittlerweile freue ich mich schon, wenn wieder einer anruft und mir am Telefon sein Skript runterleiert, dass ich u-n-b-e-d-i-n-g-t das von ihm angeboten Produkt oder die unersetzlich wichtige Dienstleistung kaufen muss, weil ich ihm nach dem Ende seiner Litanei einfach nur „Nein, Danke" sage. Wenn er dann zur zweiten Runde startet, reicht eine energische Wiederholung und das ganze Drama ist an seinem wohlverdienten Ende angekommen und ich fühle mich absolut befreit. Es ist ja nicht so, dass ich nicht das eine oder andere wirklich brauche oder gerne ausprobieren möchte. Aber dann wähle ich den Zeitpunkt aus. So, ich glaube, diesem Thema habe ich jetzt viel mehr Platz eingeräumt als es eigentlich verdient hat. Mal sehen, was steht denn als nächstes auf dem Zettel? Eigentlich angenehm, dass ich für diesen Text gar keinen Zettel habe. Vielleicht sind dann einige Übergänge etwas holprig, aber ich kann mich nicht um alles kümmern. Richtig? Denke schon. Auf jeden Fall frage ich mich manchmal und zuletzt immer öfter, warum wir Menschen immer und immer wieder die gleichen Fehler machen, ständig sowohl im kleinen privaten Kammerspiel als auch auf der großen politischen Open Air-Theaterbühne übereinander herfallen und uns mit nichts lieber beschäftigen, als uns gegenseitig das Leben schwer und die Existenz streitig zu machen. Ich habe den Eindruck, dass dies unsere Spezialfähigkeit ist. Wenn also einer von uns allen bei Günther Jauch den Telefonjoker mimen soll, dann geben Sie bitte als Spezialgebiet „Konflikte starten und eskalieren" an. Wann ging das eigentlich alles los? Wenn man genügend Geschichtsbücher liest, und ich meine jetzt richtig gute, denn davon gibt es wirklich eine ganze Menge, dann bekommt man den Eindruck, dass das immer schon so war. Dreißigjähriger Krieg, Hundertjähriger Krieg. Siebenjähriger Krieg, was für ein kurzes Geplänkel! Völkerschlacht, Thronfolgekriege, noch und nöcher, Schlacht am Teutoburger Wald, Schlacht auf dem Lechfeld, Kreuzzüge gegen so ziemlich jeden, der im Weg ist. Die Karolinger gegen die Sachsen. Die Römer gegen alle. Die Hethiter zuerst gegen ihre Nachbarn und das jedes Jahr. Dann zusammen mit denen gegen den nächsten gemeinsamen Nachbarn. Seit diesen weit zurückliegenden Tagen nennt man dies Außenpolitik, welche Errungenschaft! Wann fing das an? Wer weiß es? Als der erste unserer Urahnen damals vom Baum gestiegen ist, war noch alles in Ordnung. Die Welt stand ihm offen. Die Weite der afrikanischen Savanne war ein warmer Ort, auch wenn ihm völlig egal war, dass diese seine Welt irgendwann Afrika heißen sollte. Wohin sollte er sich wenden? Alles war möglich. Alles war besser, als sein Dasein auf den Bäumen zu fristen. Was für ein Glück, dass er den Mut gefunden hatte, auf den Erdboden runterzuklettern. Er richtete sich auf, das klappte ja wunderbar mit dem aufrechten Gang. Er tat ein paar Schritte auf zwei Beinen, anfangs etwas wackelig, aber das war schnell vorbei. Sein Schritt wurde forsch und sicher. Aufrechter Gang, warum war da bisher noch keiner drauf gekommen? Genial, Mann! Mit den frei gewordenen Händen griff er ein paar Äste und bekam eine Ahnung was er noch so alles anstellen könnte. Er träumte von Feuersteinmessern und Large Hadron Collidern. Er machte Pläne, wie das alles weitergehen soll, das Leben hielt plötzlich so viel für ihn bereit. Und dann... sah er, wie vom Nachbarbaum ebenfalls jemand herunterstieg, Jemand, der ihm ziemlich ähnlich sah, der gleiche Körperbau, die gleichen langen Arme und beweglichen Hände, das gleiche Gesicht, das ihn jedes Mal von der Wasserfläche anstarrte, wenn er sich zum Trin-

ken von den tiefhängenden Ästen zum Teich hin-
untergebeugt hatte und von dem er irgendwann
wusste, dass es sein eigenes war. Er sah in ihm
den Artgenossen, den Bruder, den Konkurren-
ten, den Feind. Alles gleichzeitig in einem rastlo-
sen Augenblick. Er sah ihn und er wusste, dass
keiner von ihnen Ruhe finden würde, solange
der andere irgendwo war. Die Welt, diese riesen-
große, vielleicht sogar unendliche Fläche, war
nicht groß genug für sie beide. Doch was war das
dort am Horizont? Ihre scharfen Augenpaare er-
spähten gleichzeitig, dass von dort eine kleine
Gruppe Gestalten, die ihnen ebenfalls verdammt
ähnlich sahen, auf sie zukam. Okay, es sind drei,
aber mit diesen dicken Ästen können wir sie
überraschen und den ersten unschädlich machen
und dann sieht das schon wieder ganz anders
aus. Überhaupt, was fällt denen ein, sich in unserer Welt, die wir gerade brüderlich erobern woll-
ten, herumzutreiben? Usw., usw., usw... Könnte
es so angefangen haben? Auf jeden Fall hat es bis
heute nicht aufgehört mit den kleinen Scharmüt-
zeln, mittleren Überfällen und großen Kriegen.
Ich fang mal besser gar nicht an, das alles hier
aufzulisten, sonst mache ich bis zum Ende der
geplanten Seitenzahl nichts anderes mehr. Aber
vielleicht schreibe ich einen Vermerk in eins mei-

ner Notizbücher um daraus irgendwas zu gestalten. Kümmern Sie sich nicht darum, Sie hören von mir. Wahrscheinlich sollte ich das ganze flexibel angehen, denn ich sehe keinen Grund, dass das jemals aufhören wird und die Menschen plötzlich und unerwartet zur Vernunft finden. Vielleicht ist das der Grund, warum wir im ewig großen Universum nicht die allergeringste Spur von Zivilisationen finden? Wenn unsere Entwicklung die Blaupause für andere ist, also Stern-Planet-Atmosphäre+Magnetfeld-abstraktes Leben-dann konkretes Leben-Pflanzen-Tiere-Intelligenz-Sich gegenseitig den Schädel einschlagen, bis keiner mehr steht, dann wundert es mich kaum, das zwischen uns und dem Ereignishorizont die große Stille herrscht. Oder sind wir einfach viel zu spät auf der Party aufgetaucht und die anderen sind schon lange gegangen? Ich meine, 13,8 Milliarden Jahre, also 13.800.000.000 Jahre sind ein wirklich echt lange Zeit. Da wurde die universale Kellerbar vielleicht schon mehrmals aufgeräumt, die Luftschlangen abgenommen, das Konfetti eingesammelt und die leeren Bierkästen zurückgebracht, bevor wir, die Erdenmenschen, an die Tür klopften und uns wunderten, dass überhaupt keine Partymusik durch die Tür zu hören war und uns trotzdem keiner reinließ. An Türen zu klopfen, von denen man nicht weiß, was sich dahinter verbirgt, kann im wirklichen Leben eine riskante Angelegenheit sein. Aber wenn man das Ganze im übertragenen Sinn sieht, dann öffnen sich vielleicht keine wirklichen Räume, aber man erfährt in kleinen alltäglichen Dingen Geheimnisse, die man nicht für möglich hält. Ein Beispiel? Sicher, sonst ist das hier nichts anderes als ein abgenagter Hähnchenknochen. Nehmen wir zum Beispiel mal ein Schloss. Und damit meine ich keins dieser riesigen Gebäude mit Türmen und Türmchen und hundert Räumen und tausend Fenstern und einem Schlosspark drumherum mit alten Bäumen... Okay, ich denke, es ist klar, worauf ich hinauswill. Nehmen wir also ein Schloss in einer Tür und dieses Schloss macht nicht mehr das, was es soll. Es schließt nicht mehr. Und es schließt so sehr nicht mehr, dass ich beim Ausprobieren den Schlüssel abgebrochen habe. Ein bisschen Gewalt hilft ja bekanntlich manchmal. Hier nicht. Nach dem Aufbohren des Schließzylinders sind wir auch schon auf dem Weg ins, nein nicht ins Abenteuerland, aber in die geheimnisvolle Welt der Schlosser. Erste Lektion: Das Schloss ist das große Ganze und nicht dieses Metalldings, in das man den Schlüssel steckt und das im großen

Ganzen eingeschraubt ist. Wenn man allerdings eine Allerweltszimmertür hat, in der nicht so ein Metalldings steckt, sondern direkt ein Schlüssel von Form und annähernder Größe für Verliespforten, dann ist das anders. Okay, das mit dem Schließzylinder leuchtet als Begriff noch halbwegs ein, nicht wahr? Nur um ein wenig anzugeben, erwähne ich, dass es Halbzylinder, Doppelzylinder, Knaufzylinder, Rundzylinder, Ovalzylinder und wahrscheinlich noch eine ganze Reihe mehr gibt. Wer das schon geheimnisvoll findet, ist auf dem richtigen Weg, aber doch erst ganz am Anfang. Denn anders als bei der Zimmertür, die in diesem Land wahrscheinlich viele hundert Millionen Male verbaut ist, alle mit dem gleichen Schloss in der gleichen Größe, handelt es sich bei meinem Schloss um ein Format, das einen ausgeprägten Individualismus verfolgt, denn es sieht komplett anders aus und da betreten wir die Schreckenskammer der Schlosserbegriffe. In meinem naiven Mal-eben-das-Schloss-bestellen-Elan dachte ich: Miss das Ding aus und bestelle es. Aber nein. Die geheime Schlossergilde, die wahrscheinlich noch geheimer als Freimaurer, Rosenkreutzer und Templer zusammen ist, hat einen ganzen Kanon an wirklich nicht selbsterklärenden Begriffen rund um so etwas Profanes wie ein verdammtes Türschloss erfunden. Einige kennt man vom Klang der verwendeten Buchstaben her, aber natürlich bedeuten sie etwas unerwartet anderes. Nur noch getoppt von den Begriffen, die klingen, als ob sie aus einem Paralleluniversum stammen, in dem man eine Sprache verwendet, die sich rein zufällig ein wenig wie unsere anhört. Wer ohne im Internet nachzusehen weiß, was Stulpe, Kastenhöhe, Entfernung, Dornmaß, Zargenmaß, Riegelhöhe, Falle und Nuss bedeuten ist entweder Schlosser, Schlosshersteller oder lügt. Ich jedenfalls bin so fasziniert von diesen coolen Geheimcodes, dass ich bis heute nicht versucht habe, das fehlende Überhaupt-nicht-Standard-Schloss zu bestellen. Ich hab das alte wieder eingesetzt, die Klinke herausgenommen und die Tür ist auch ohne Schließzylinder zu. Stattdessen spiele ich mit dem Gedanken, auch eine Geheimgesellschaft zu gründen, die außer mir keine weiteren Mitglieder aufnimmt. Wäre ja sonst nicht wirklich geheim. Blöd nur, dass ich niemandem davon erzählen kann. Das ist die Krux bei Geheimnissen. Behält man sie für sich, sind sie sicher, aber man platzt fast dabei, nicht darüber zu reden. Behält man sie nicht für sich, tja, dann sind es auch irgendwie keine Geheimnisse. Jetzt könnte ich um das Geheimnis noch ein weiteres flechten, indem ich sage, dass ich auf keinen Fall den Namen dieses neuen allergeheimsten Geheimbundes preisgebe. Aber die Wahrheit ist, mir ist noch überhaupt kein echt cooler Name eingefallen. Oder ist das überhaupt die Wahrheit? Denken Sie, liebe Leute, denken Sie. Es müssen ja auch nicht immer Geheimgesellschaften oder Logen usw. sein. Und was soll denn das ständige Gejammere, man werde immer von den Medien so zugemüllt? Wer genau hat Euch allen denn befohlen, ständig alle Kanäle auf Empfang zu halten? Na? Ich warte! Genau, so richtig befohlen hat das scheinbar niemand. Es machen nur alle. Und: Man kann das auch sein lassen. Ja, das geht. Und es tut auch nicht weh. Am Anfang ein bisschen vielleicht, aber das geht vorbei. Wenn ich an langen Winterabenden durch die Straßen Wattenscheids und Bochums gehe, dann ist es unglaublich, dass in so vielen Fenstern der laufende Fernseher zu sehen ist. Seitdem die Dinger die gefühlte Autokinogröße erreicht haben, muss ich kaum das Haus verlassen, um zu sehen, was sich die Nachbarn so alles anschauen. Ich sage mal so: Das Grauen kehrt zurück. Oder nein, es war nie weg. Liebe Leute, habt Ihr denn nichts Besseres zu tun, als Euch von diesem Kram das Gehirn langsam veröden zu lassen? Zugegeben, es gibt gute Fernsehsender. Nur sehe ich bei meinen völlig zufälligen Beobachtungen fast niemanden, der einen von diesen guten Fernsehsendern eingeschaltet hat. Stattdessen... Ach, lassen wir das. Man könnte... Ich muss kurz innehalten, denn man sollte nicht „Man könnte..." sagen. Ich mach's aber trotzdem, denn es passt gerade ganz okay. Also, man könnte mit der Zeit so viel Gescheiteres anstellen. Zum Beispiel durch die Straßen streifen und sehen, was die anderen so machen. Oder, noch besser: Meine Bücher lesen! Keine Sorge, so viele sind das noch nicht. Da ist man an einem oder zwei Abenden ohne große Anstrengung durch. Es gibt bestimmt auch Bücher anderer Literaten, aber das hier ist keine Dauerwerbesendung, okay? Ich muss durchaus zugeben, dass es einige Fernsehformate (sagt man doch heute so, oder?) gibt, die ich ziemlich großartig finde. Und die manchmal auch nicht unbedingt auf der Satellitenschiene ins Haus kommen. Modern Family hat mich wochenlang völlig begeistert, nachdem ich vorher dachte: Was soll das denn für ein Müll sein? Die neuen Doctor Who-Folgen/Specials (für die Chronisten: Ja, ich schrieb diese Zeilen in der Tat Anfang Dezember 2023) sind eine Offenbarung und ich bin soooo froh, dass wir einen fast legalen Weg gefunden haben, sie sofort nach Erscheinen zu sehen. Und wer jetzt empört aus dem Ohrensessel aufspringt, oder sich realistischerweise eher empört emporwindet: Ich kaufe den ganzen Kram auf DVD. Ich bin vom Stamm der Sammler und Sammler und ich liebe es, das ganze TV-Zeugs, mit dem ich herzlich gerne meine Zeit vertrödele, zu Hause im immer größer werdenden DVD-Schrank zu haben. Inspector Barnaby gibt es als Boxen? Egal! Wir haben jede DVD einzeln gekauft. Und es hat RIESENSPASS gemacht! Doctor Who aus dem UK mit Sammelkarten und kurz darauf als deutsch synchronisierte DVD-Schachtel? Natürlich nehme ich beide! Und das geht mit Cds/LPs/MCs weiter. Für mich hat das auch mit Respekt vor den Film-/Musikschaffenden zu tun. Wir alle würden doch ein langes Gesicht machen, wenn uns unser Chef sagen würde: „Hömma, ich hab Dich doch schon letzten Monat bezahlt. Also, warum wieder? Du machst doch eh immer dasselbe." Und jetzt versetzen wir uns mal in die Seele eines Musikers, der für die im Streaming richtig toll laufende Musik so ungefähr 0,0001 € pro Stream erhält Ist das fair? Könnte man (oh verdammt, schon wieder) da nicht die Tasche aufmachen und den Song statt über Spotify über Bandcamp kaufen? Denn es gibt die Anbieter, die nicht dra-culaesque die Künstler aussaugen, sondern den Erfolg teilen. Man muss nur den Verstand ein-schalten und sich selber auf die Suche machen. Und ich glaube, bei *selber* knickt die Argumenta-tion ab wie eine illegal gebaute Brücke in ... (Ach, setzt Euch doch selbst ein Land ein. Ich habe keinen Bock auf Scherereien). Wenn ich jetzt allerdings lese, dass auch Bandcamp einen neuen Eigentümer hat und mit Songtradr der ganze *Wir müssen so schnell wie möglich so viel Geld wie möglich herauspressen*-Unsinn auch hier in den Startblöcken steht, bekomme ich fast schon Gewaltphantasien, zum Beispiel bei der Tatsache, dass Songtradr den Mitgliedern der Gewerkschaft Bandcamp United geschlossen kei-ne neuen Arbeitsverträge angeboten hat, Geht's eigentlich noch? Wann hört den dieses absolut hirnlose *Gegeneinander arbeiten* und *Den anderen über den Tisch ziehen* und *Den verdammten Hals ab-solut nicht voll bekommen können* auf? Liebe Mana-ger, Unternehmer, Heuschrecken und andere su-spekte Menschen: Wenn ihr in den Holzpyjama steigt, nehmt ihr so ziemlich genau nix mit von dieser Welt. Euch fällt kein Zacken aus Euren protzigen Kronen, wenn Ihr schon zu Lebzeiten Euer Hirn anstrengt und zu dem Schluss kommt, dass Ihr nicht des Hungers sterben müsst, wenn Ihr mit dem Rest der Welt zur Abwechslung mal partnerschaftlich und gleichberechtigt umgeht. Ihr mögt jetzt vielleicht unfassbar stolz sein, dass Ihr wieder irgendwo noch ein paar Leute verarscht habt, aber: This is gonna end badly! Danke an Jim Jarmusch für dieses weise Wort in seinem tollen Zombiefilm „The dead don't die." Auf lange Sicht kommt ihr mit Eurem *Ich zuerst*-Quatsch nicht weiter. Gleichberechtigung ist alternativlos und notwendig, gar keine Frage. Und das gilt natürlich in allen Lebensbereichen, auch wenn es für einige noch so schwer zu verstehen ist. Und wahrscheinlich nie verstanden werden wird. Andererseits, liebe Protestler, das ist jetzt an Euch gerichtet: Auf die ganzen dummen Angriffe und Beleidigungen mit gleicher Münze und pauschalen Gegenattacken zu reagieren, führt nirgendwohin oder, noch schlimmer, in eine alttestamentarische Sackgasse, aus der niemand, der nicht bereit ist, über seinen Schatten zu springen, jemals wieder entkommt. Und, Mädels, wenn Ihr Euch positioniert, als wäret Ihr die bessere Hälfte der Menschheit, was wollt Ihr damit bezwecken? Die, die gegen Euch sind, erreicht Ihr damit nicht. Die, die nicht gegen Euch sind, allerdings auch nicht. Ich denke nicht, dass es „der Sache"

dienlich ist, von engstirnigen Feministoaktivis-
tinnen angepöbelt zu werden. *Preaching to the
choir* ist Euch genug? Na dann, so kommen wir
aber nie zu einer Lösung. Sorry, wenn Ihr gleich
als erstes drankommt. Aber he, das hier ist ein
assoziativer Monolog, also bitte. Denn gleiches
gilt für so viele Gruppen aus der Protestkultur.
Wenn Antifaschisten auf die inhaltsfernen Alt-
und Jungnazis mit gleichem Hass reagieren, bin
ich von beiden Seiten im selben Maße angewi-
dert. Wenn sich Fussballhooligans und Ultras zu
selbsternannten Wächtern der Fussballkultur
aufschwingen, möchte ich ihnen entgegnen, dass
dieses prollige *Wir sind besser als die*-Gehabe
(funktioniert in alle Richtungen, also regt Euch
ab), die ständige Gewalt und der ganze *Die Kurve gehört uns Pyro*-Schwachsinn keine Kultur ist,
sondern Ausdruck einer weitreichenden Geistlo-
sigkeit. Neulich las ich von einem „Fan", der irgendwo schwarz-gelbe Kabelüberfahrungen an
einer Baustelle zerstört hat, weil sie die Farben
eines von ihm verhassten Fussballvereins hatten.
Und das war nicht im Ruhrgebiet. Verstrahlte
gibt es überall. Man solle ihm einen wohlverdienten Platz in einer Therapieanstalt anheim
kommen lassen. Mal im Ernst, drei Beispiele von
wahrscheinlich Unendlich minus eins Möglich-

keiten sollen reichen, um zu fragen: Was um alles in der Welt ist eigentlich mit Euch los??? Wir haben jetzt knapp sechstausend Jahre Zivilisation hinter uns und bei Euch ist nichts davon angekommen??? Glaubt Ihr von Euch selbst eingenommenen Leute denn wirklich, die Welt wartet nur darauf, Euch hinterherzulaufen? Nein, macht sie nicht. Ihr könnt Eure Meinungen äußern, auf jeden Fall. Aber erwartet nicht, dass alle nur darauf warten, Euch zuzujubeln. Wie kommt Ihr eigentlich darauf, Euch vorzudrängeln, wo es nur geht und Euch sonst wie wichtig vorzukommen? Das hier soll kein Politikseminar werden. Ich bin keiner politischen Richtung verpflichtet. Meine Leitsterne sind einzig und alleine Logik und Vernunft und ein bisschen das, was mein Herz mir rät. Da bin ich ganz bei Nietzsche. Ich weiß, dass ich ein naiv träumender Spinner bin, wenn ich Vernunft und Logik auch bei anderen als Triebfedern erwarte, nur weil es bei mir funktioniert. Aber es gibt andere und vielleicht sogar mehr als man erwarten könnte. Sie fallen nur nicht auf, weil sie im Stillen unterwegs sind und vom ewigen Geplärre und Getöse der geistlosen Massen übertüncht werden. Ich habe den allergrößten Respekt für Jason Williamson, den Sänger der Sleaford Mods. Er hat am 3. November 2023 ein

Konzert in Madrid abgebrochen, nachdem wiederholt ein palästinensisches Kopftuch auf die Bühne geworfen wurde. Und bevor alle Berufsempörer dieses Planeten schon wieder tief einatmen, um loszupoltern: Klappe halten und weiterlesen. Nach dem Konzert schrieb er auf X (Ex-Twitter, ausgerechnet…, aber das ist schon wieder ein ganz anderes Thema): „Verlangt nicht von mir, bei einem Auftritt für etwas Partei zu ergreifen, von dem ich nicht wirklich Ahnung habe. […] Das Einzige, was ich wirklich über den Krieg weiß: Wie alle bin ich den verfrühten Tod leid; die Ermordung von irgendjemandem, ganz egal unter welchem beschissenen Glaubenssystem." (Gelesen in Visions 01/2024) Was für ein überaus weiser Mann, mehr davon! Ich habe mir gleich noch ein paar weitere Slcaford Mods-Platten zugelegt. Und die Coverversion von „Westend Girls" ist großartig. Endlich mal einer, der den Mut hat, zuzugeben, dass er nicht alles weiß und sich reflexartig vor jeden Karren spannen lässt. Von dieser Überlegtheit im Handeln und Äußern darf er gerne reichlich und großzügig an all jene Politiker und Prominente verteilen, die zu allem und jedem Thema sofort zur Stelle sind. Ich habe Euch noch nie geglaubt, dass Ihr so omniszient seid, wie Ihr es den Leuten

weismachen wollt. Und danke, Jason, dass ich jetzt weiß, dass es andere gibt, die auch hinter den Spiegel schauen. „Ich weiß nicht." So ein einfacher, aber umfangreicher Satz. Habe ich nicht weiter oben dazu geraten, diesen Satz öfter zu verwenden? Vielleicht sollte ich dieses Buch in „Ich weiß nicht" umbenennen. Aber „Grau als Konzept" gefällt mir so unfassbar gut, das lassen wir mal schön als Titel stehen. Tja, und was würde Adorno jetzt sagen? Eine Menge, nehme ich an. Er, dem man Geschichtspessimismus vorgeworfen hat, war schon in den 60ern auf der richtigen Bahn. Seien wir mal ehrlich, in seinen Kernbereichen, der Kritik am Kapitalismus, an der Konsum- und Warenwirtschaft und auch an der permanenten Vereinnahmung durch die Konsumgüter-
und Unterhaltungsindustrie hat sich seitdem nicht nur nichts geändert, es ist nur noch übler geworden. Richtig übel, Holder (Na, wer erkennt das Zitat?). Lernen wir denn tatsächlich nichts und verharren im falschen Leben, wie Adorno es genannt hat? Behält am Ende doch Aristoteles Recht, der vor ca. 2.500 Jahren mutmaßte, dass das Hirn lediglich das Kühlsystem für das Blut sei? Wenn ich mich so in der Welt umschaue, dann fällt es mir zunehmend schwerer, seine

These zu bezweifeln. Dennoch möchte ich nicht, dass es so weit kommt, und ich bin bereit, zu denken, was das Zeug hält, solange hinter meiner Stirn mehr läuft als das Brummen einer Klimaanlage. Und Sie sollten das mitmachen! Vielleicht fühlt es sich am Anfang etwas seltsam und ungewohnt an. Aber keine Angst vor neuen Herausforderungen!

So. Was denkst Du?"
„Was? Kann ich noch mehr Kekse? Die sind echt prima, selbstgebacken?"
„Du meine Güte."
„Hast Du das eigentlich alles ernst gemeint?"
„Was denn?"

„Die fast unlösbare Aufgabe besteht darin, weder von der Macht der anderen, noch von der eigenen Ohnmacht sich dumm machen zu lassen. "
Theodor W. Adorno, 1951

„Management sucks."
Villanelle, 2020

„Schaust Du hin, so sind die Menschen insgesamt blöde!"
Anonym, Babylon, ca. 700 v. Chr.

„Die Leute sind ein blöder Haufen."
Sid Vicious, ca. 1978 n. Chr.

.

„Der Gehorsam gegenüber dem Gesetz, das man sich vorgeschrieben hat, ist Freiheit."
Jean Jacques Rousseau, 1762

„First rule is: The laws of Germany
Second rule is: Be nice to Mommy
Third rule is: Don't talk to Commies
Forth rule is: Eat kosher salamis"
Ramones, Commando, 1977

„Minä olen poro, lai la la lai! "
Musik: Kraftwerk, Die Roboter, 1978
Text: Eläkeläiset, Poro, 1994

„Nonsense is better than no sense at all. "
Nomeansno, 0+2=1, 1991

„Drei Verwandlungen nenne ich Euch des Geis-
tes: wie der Geist zum Kamele wird, und zum
Löwen das Kamel, und zum Kinde zuletzt der
Löwe."
Friedrich Nietzsche, 1883

Raum für Notizen

Raum für eine Liste der Personen, denen man entweder dringend und völlig unverblümt mal die Meinung sagen muss oder die man am besten nie wieder treffen möchte. Oder beides.

Raum für ein Leben, als ob.

… für die Wanderung, die Sie schon immer machen wollen

… für die Sprache, die Sie schon lange lernen möchten

… für die Bücher, die bereits viel zu lange ungelesen im Regal stehen

… für die Texte, die durch Ihren Kopf geistern und die endlich aufgeschrieben werden müssen

… für die Musik, die Sie spielen möchten, damit Ihre Instrumente nicht noch weiter einstauben

Raum für … (Hier könnte Ihre Werbung stehen)